米索之书

Lion
of
August

八月之狮

米索 著

江苏凤凰文艺出版社
JIANGSU PHOENIX LITERATURE AND ART PUBLISHING, LTD

图书在版编目（CIP）数据

八月之狮 / 米索著. —南京：江苏凤凰文艺出版社，2019.12（2023.7重印）

ISBN 978-7-5594-4234-5

Ⅰ. ①八… Ⅱ. ①米… Ⅲ. ①诗集—中国—当代
Ⅳ. ①I227

中国版本图书馆CIP数据核字(2019)第264743号

八月之狮

米 索 著

责任编辑 万馥蕾 傅一岑
装帧设计 王小耳
责任印制 刘 巍
出版发行 江苏凤凰文艺出版社
南京市中央路165号，邮编：210009
网　　址 http://www.jswenyi.com
印　　刷 三河市双升印务有限公司
开　　本 880毫米×1230毫米 1/32
印　　张 6.875
字　　数 143千字
版　　次 2019年12月第1版 2023年7月第2次印刷
书　　号 ISBN 978-7-5594-4234-5
定　　价 59.80元

尚未被这世界认同，也无妨
诗人在精神的领域中暗自散发幽光
有充分的寂寥，自在于无人莫逆里徜徉

——米索《他人之群》

目录

集Ⅰ　八月之狮

集Ⅱ　我的躯体里盛放着花

集Ⅲ　途中之光

集Ⅳ 意义

序　言

写给幻想诗歌《八月之狮》

《八月之狮》是米索之书诗歌系列的首本。

这是一本写给“过去或者未来”，却独独放下了“现在”的诗集。因为在米索的认知里，现实一旦过去，就会进入意念层面成为幻觉的一部分，而未来同样属于幻觉。在人一生漫长的时间维度中，过去和未来占据了偌大的空间，我们仅仅知觉当下的这一个点，而放弃对更大时空的咏叹，是一种缺憾。

《八月之狮》正是想放下对“当下这个我”的关照，向过去和未来的两极投射出捕捉想象的目光，试图迈出我们现实的主场，抒写“不在之在”，获得一种泛指的混沌意义，提供另一种人类美好存在的广阔可能。

其实抒写“不在”也是为了更好地与“存在”相处。我们的当下觉知，倘若浸渍在这样徜徉幻觉的河流中，补足了过去的碎片、未来的可能，我们的此在就会充满富足的精神食粮，会发现，其实存在异常多的可能，存在异常多的自己和异常多的他人，重重叠叠正复合在现实的主场中。我们就可放松下来，不那样紧张纠结挤压在越来越小的存在时刻里。

阅读这本诗集，或许只对少数人来得容易，能生出感悟；或许语言中会饱含太多没有燃尽的炭块。《八月之狮》想要让读者在时间的熔炉里，用自己的体温来慢慢烘烤尽这余下的炭块，这样缓缓散发出应和的暖意，内心里生化出二次创作的喜悦！

《八月之狮》其实也是一本奢望之书。因为人无法真正和他人谈论精神，每个人只能真实地和自己谈论。所以，米索只是想发出一种召唤，让我们朝向自己的内心，去倾听，去沟通，去幻想，去抒写，去改变，去发现，去尝试复活一种唯美，去试图深化一种意义，去赠予一个属于自己的时间，去烙刻下另一种自我舒展的可能，来写你的《八月之狮》。

让我们一起热爱自己，制造属于自己的空气吧！

让这一刻沉浸在过去和未来的抽象隐喻、激越情感中；

沉浸在另一种形式中，浮现自己，生成自己；

这一刻热爱我们心中的自我，我们丰盈充沛，已足矣。

一切正好，一切刚刚开始！

米索

2019 年 6 月 10 日于上海

集 I

八月之狮

八月之狮

八月
一头狮子的嗅觉，苏醒
太阳转过毛发四射的脸
热烈而饱满的眼神
无量的坚毅，无量的优雅

我们在至刚之日
蜕下一切阴影
听到，所有的树叶笑成了金色的海

我们鼓足巨大的力量，异动
听到，一丝细微的划响可能降临

没有比这更精微的时刻了
时间被切割成一点一滴
碎片的刀，裂开的闪电
强对流的征候

刚的强力，刚的阴力
人类的软弱呀
妈妈用漠然，承受着一切苦难和重生
注定流血了，流泪了

八月之狮

致树灵之歌

我已生息多年
酣眠于你旺盛藤蔓的棉床
黑与白同梦一界

责怪你我误读的两个版本
无数巨指撑起的历史枝丫
以及悬落的断面

嬉笑共同走过的懵懂、热情、贫困、幸福
烦琐、疲倦、游离、尖刻
以及期盼，走向理解、平和、豁达、静穆

我怀疑主义者的秉性
抑郁的怪癖
时常僵持在陌生的状态

你沉稳静默

木讷之情聆听大风暴吹散浮沙之画
磐若大地之母

当七色之光漫步入林
旋转成彩虹之舞
你说，嘿！来吧，太阳之鸟
一切，又如澄明之境
全都亮起！

制造光明

狂风放肆着，掀堵众神之耳
听到远方大雷雨细如纤发的喧哗
是一次期待已久的洗礼
在众鸟恢复记忆的黑夜白昼之间
痛击的火舌，引燃了黎明的光杯

黑暗中重重叠叠，明亮的眼
于几何型复杂躯体，穿透……
像一次苦难的出生
横断另一方的脐带
像一次勇敢的背叛
暴露在光怪陆离的阳光下
那样的纯洁

众神抚育的幼鸟们呀
呼号——颀长向上的颈
引刺层峦叠嶂

空空的双眼

盛盈整整一个宇宙

渴，妈妈，我——渴！

流浪者的传奇

我的躯体里酣眠着厌倦的巨浪
它包容我对万物的痴狂
又涤荡我将它们遗忘

如同缠绕我婴梦的摇床
如同母亲柔软绵长的臂膀
长久抚育我浮游的生长

在地球三分之二的领域
以及三分之一的海化石上
一边是胸腔里流淌的洁净之水
一边是征战沙场的硬骨獠牙

当霞光挂起了红色的旗帜
潮汐吹响了集结的口哨
妈妈，我已整装！

就让沙石划过洁白的脸庞
在肌肤烙下经历的灼伤

就让咸涩的海洗涤了双眸
末了能闪耀出传奇的光芒

我已焦灼万分……
一切不可抵挡！
这一季征战的流浪
起航！

树上鸟，有关隐秘与公开

我多次困顿于自我
逃亡在缺陷心智的理性沉林中

这万丈高大之树
藏匿生存地和精树灵

我夜莺嘹转的歌唱，冲破密冠
我传记性的抒写，间歇挣脱个人

树上鸟，我精神的舞者
羽翼在冥想贯注的境界中展开
心智因大爱而释放
界限弥散，走向成熟

隐秘与公开，超我与实相
齐驱模糊，并融一体

荒原狼

我，转向人类
期盼炙热的爱就可呼唤出
色彩、阳光、纯净和动荡不安的世界

诚心而为，却倍受寥落
起于妄念的原罪
终于，获而一无所获

我，蜷缩回自然
窒息在无声豁达的山海

植物、动物、大地和富有生命的天空
在死亡的气息中撕裂重生
泡沫，在浮游
是残存的，因爱而生的欢乐和悲伤

我，自然之子啊

我——是荒原的狼

世人早已抛弃了你
为何还伫立于寂静的山岗?

不要在山谷悲怆嘶哑地呼号
不要在夜幕睁红哭泣的眼睛

凭借嗅觉的知,且来且往
四处游弋的荒原的狼
你在找寻什么?你又丢失了什么?
你的友人吗?
是在更远的,更远的远方……

一只独白的蛋

其实，天地在我看来，还在混沌中运行
我的头脑尚未能伸展出有力的四肢
没有什么空间被证实撑开过
而时间，已经很久长

我被压缩在薄薄蛋壳的中央
早上从蛋壳城的左侧动荡到右侧
晚上再游荡回来
他们说，这是日常必需的

有一个同样的梦境，会在行动之前出现
是诞生之灯，来自飘忽不定的方向
近得真真切切，又远得犹豫渺茫
他们说，这是精神虚假的

不过，我总是会感受到一个凝驻的目光
投射过灰色的穹顶，有一种强力的脸面

将焦灼烙在了我的背脊上
他们说，黑色印记是丑陋的

绝望、恼怒、渴望、怀疑轮番将我搅拌
这就是混沌本质的力量吧
在最隐秘的深渊中，将最浓稠的昏暗揭露开
他们说，这是一个要坏掉的蛋

而我，不过是不巧被缪斯路过踢翻了
就遵从了混沌之美的神奇秩序
把内心，坦诚地长到了外面
把外面，错落地长到了里头

渡口

我伫立在白色的渡口
划出抛物的长线
以一种轻盈的姿势
奏响缭乱的水纹
抖落惆怅

这生长在荒河之上的流光
无声尾随了来
藏匿在紫色的水气中央
缠绕入黑色的发丝里

我昂起高高的额头哭泣而唱
再见他明眸的波光
我轻捧记忆,盈满一手的凉
这是一个人的渡口
来放生,心中的爱殃!

去往唯一的方向

可用时间之尺度量

三十岁后的渡河

彼岸的渡者在河边遗忘了名字

人们学着编织通称的补网

借着对面的微光

把鱼干

挂上夕照的天上

雪山之龙

八月，大地吐出呛口蒸汽
狂暴之狮，撕裂愤懑厚衫
棉絮飞扬上空，云层密集压下
稚绿被焦野之黄驱逐，转向丰收

仰望至高山巅的冰幕
宁静中孕育一抹久匿的黑——
如同埋藏心底绝望的秘密
于横亘的天空，落下缄口的封印

雪山之龙啊，寂静的石
你的征程不在我们中间！
绝口不提，这一场大风回旋的依恋
就让他人烦生，这万丈瀑布的白发

雪山之龙啊，沸腾的河
你的征程不在我们中间！

远离人群,那一些鱼样柔软的生命
只为单纯的意志,去实现奔腾的使命

且放英雄归去——
披上你金钢的铠甲、黑水的铁链
带上你星光的佩剑、圆月的盾牌

这一生,只载满欢乐痛苦的芒刺
这一生,只走向血色战场的功勋

又一片海

我的头颅上下分明
中间横跨着广阔的海洋
眼睛是天空闪烁的群星
脑瓣是复杂悬挂的白云
岸边礁石是挺拔的鼻梁
下潜的脊背，放肆大笑
裸露出贝类的牙齿
又惊厥收缩唇舌
这史前集体遗传的单体海绵

有些陈年的记忆，在蓝色中闪耀
威猛的力士温柔如海豚
灾难的海蛇驯良成灌溉田地的河流
洁白女子透明小鱼般警觉灵巧
却躲藏不了注定的命运
捆绑了爱情
有关波塞冬与安菲特里忒

美妙绝伦的海王神殿
扎根于大海深处

我是海滩上听不厌故事的孩童
日复一日悠扬传唱
有关凄美与希望
哭泣的海潮引发凶猛水势的上涨
从我眼眶中热烈涌出
激动的海藻迅速蔓延出颅腔
我一头乱发狂放生长
历经亿万年代,还在大风中飘荡……

作为一棵植物

我突然从一种动物的热度中苏醒
准备饮下这一杯叶绿素
之前我已失去所有敏锐的触觉
事事在我看来，都显得平淡

我想恢复了作为一种植物馈赠的种子
让另一类的思绪开始萌芽
干裂的阳光、黏稠的雨水、可弹奏的风耳
就将因了这痛饮下的叶绿素，与我联系起来

你看，白骨的弯月在天空的池水中
妩媚的自我观照
无辜的灵魂这时刻会升华为精灵
在植物的时间序列里
这早早的冬天，我削下语言的尖叶
彻底裸露了长期麻木的枝干
正好候上用一季的冰霜来灸刺

要把脚默默伸入

一片再大一片温暖的土壤

我的人生时限,变得无限可能

我开始懂得一枚石头和一滴露珠

我面对风暴

就会惬意地伸张出了腰肢

每一年,就要蜕变的摇落

一池血色的秋天

八月之狮

太过折腾的海

一段时间
我灵魂内在的活力之海
就不安于平淡宁和地活着
要去放肆地侵略那些孕育故事的陆地

我蓄谋已久
将贝壳塞入地壳的细缝
这了无人烟的海岸
就一声巨响被卡结在礁石上

语言的云片，停浮
空间的冰块，击碎
再推一把吧
用全力魂魄的柔掌
就来拍碎，并指认
这些灰飞烟灭，还在脑中逃逸的
妄念的巨块

上千次岸边清洗过胡思乱想的残发
岩石血迹斑斑，自胸腔中爆裂
这些淤积的
七情六欲覆灭的惶惑
自眼中滴落，挥洒出刺痛的盐渍

人世间的多数爱啊
从来没有我所抽象的那样浓郁
也从来没有我所悲哀的那么稀薄

她像个孩子，总在原地一动不动，等待或哭泣
或者被平均在所有的日子里
一生都未曾有过力量

其实，爱是一种富有光亮的灵魂
会从人们单薄的身躯投射出来
会不断地充满我们的生命海

所以，我把你我
任性地挤压在同一个真空的海角
气急败坏地邪恶着、逼迫着、证明着
而仅仅是为了给“一个你”
来朗诵一首写好的诗
可以看见，你的眼睛在海风中倾听

思想巨大的倦

我灰色傀儡的躯体
蜷缩思想巨大的倦
日日背负的萨克斯箱体
藏匿时间安睡的盒

城市中拖沓行走
在蹒跚失眠的海上
人群宏大炙热的交响
弥漫进远方星星点点的彼岸
冷冷地颠簸的长柩
缓慢漂将过来

尚有什么在看透我吗
世相之外巨大的眼
自私的异兽
掠起潜行的硬背

潮汐搁浅了
它还会不会回望哭泣

尚有未曾燃尽的光吗
在够不着的地方
从剩余的精神之花里闪亮
饮我钝剑光耀
自呼吸慢慢压入倦怠的头颅
剔除过去了
遗忘后还算不算记忆

雪豹

雪白的豹
我穿梭不安踏步真实的目光
承受着无穷，并不发

非是惧怕，此刻
已警觉远方的腥风
屏息住，如针尖乖巧、安静

凝注在最精准的目标上
了熟这物的所有外在
还要朝向它的内里去勘探动容
只因，蓄积瞬间爆发的绝唱一击
多长的时间，都值得等待

豹
探出前方柔软的轻爪
散发着王的优雅力量

跑！突然的奔跑
就飞，锋利的电

一道白，夏
一道黑，冬
一击，瓦解！
惊颤行迹的敌心
一击，划裂！
大地腹部的兵刃

稻草人

有人把我插种下
我惶惑地摇摆站立，为了什么
长风掀起的青丝
初见淡黄的青涩面庞
一脸嘲笑的表情，是你

十月，我们相遇
和一片浩瀚的青稞麦地
生命洞开光亮的门
草根的肢体飞起了羽翼
我的目光追逐麦尖上的舞足
以及欢乐涨开了僵硬的木臂
以及亢奋染红了呆讷的长鼻

可顽皮的，逃逸去了哪里
被白日灼伤心灵又潜入冰默的黑夜

分明是听到低语
分明看见了万幻的身形
我虚空的头脑，没有思考的能力
故步自封的躯干，无法迁移

直到冬季结束
双臂横亘成十字架刑
直到早春来临，依然不眠守候幻影
终于错过了一季的成熟
有人收获了你，在遗忘的田地

我的爱意
无法走入我枯槁的生活
就投向我无量的孤寂里
或潜入永恒记忆的梦境
消解，不平衡的原初缝隙

红石的孩子

霾占领了一切
尘与湿覆盖的白土，难以下咽的迷茫之气
生命在隐蔽处举行
丢失对未知的遐想，人们消失了远方

一个孩子
听到银铃的串响，仿佛绽开蓓蕾的光泽
三十光年，这一刻
定然捧出等分十二的罗盘
指引晨光，释放真相

六小时后转向黄昏，迂回来更厚的霾气
通往无意义的世界，黏浆冰凉

一个孩子，一颗后夜复活的红石
在零下的季节，打开透明的纯酿
咀嚼冰凌而生，交换生活的代价

任凭划破体内的红火，淌入地缝
遇到下一刻失明的强光
一个孩子
在冰里燃烧、碎裂
坠落的陨石，在母体上灼伤的呼吸
可它是红石的结晶，柔软又坚强
一个纯洁思想的化石
永恒的孩子

脑袋里的兽

仿佛生来就有颗超凡的心
你，双眼闪烁，容光焕发
任何时候，血脉都不愿藏匿一丝羸弱

在黎明的光里，你前行导引地奔跑
在风中，悄悄掠过他人
仅在停顿的瞬间，投掷来钉子的注视
就偶遇了，大漠花开的刹那

你内心定义的理想，犹如一艘沉船
比可想象的，更为宏大、坚定
我知道浩瀚大海的深处，总是宁静的

而我，脑袋里住着的这只小兽
阳光般炙热的，在时间中还未强大
朝向渐行渐远全部相似的道路
有些慌乱糊涂，慢腾腾徘徊在灰色后面

然而这一次的风暴已等不及在路上

我们即将遭遇地迎来
这日日加重的不安
比失去爱和被爱更可怕的
是被忽视的，生命花开的意义？
是凶猛虚空与永恒的美，他们是孪生的

我心中矛盾，两手空空
时日来临，依然一无所能
再没有人在，再没有人聆听
石头下真的匿藏了幸福？

就一任卷入，去赴这一场机械的洪流
把所有狭隘、短暂闪耀的执念才华
把按时睡、吃、起的安逸之床
在这来势盛大、震耳欲聋的狂躁暴风中
一并统统，掩埋掉

集Ⅱ

我的躯体里盛放着花

我的躯体里盛放着花

在朝向你来的地方
我的躯体里妄自盛开了花
在沉默从容的面貌后
我宁静的眼底燃烧着光

你如一座山潜行而来
拥着风的浪潮，袭着破坏力的气息
从头到脚包裹住我颤抖的身心
一种命定的窒息，陷落在呼吸的深渊
有人的幸福，坠入了河底

我伸出开戒的手臂
环绕成花的意象
生息间，久久不平的难眠之夜
月色，露出了透明的白

我要向你奉献出水的心灵

没有什么东西是需要的
只因下一刻
分身的时间就会来到
所有人们曾执拗的一切,尘土归零

我们撇开肆意放纵的四肢
疯狂奔跑
要一起奔跑在时间的前面
潜入世界的缝隙
我探向你的开戒的手臂
充满着慌张,充满着真理

天地间酝酿着阴谋的忧伤
大地扭转的时钟敲响
我们,这一代注定被损耗的幸存者
面前,庞大的巨轮已驱来
压平热烈的脸庞,起伏的胸腔,冷却了癫狂

徒步穿越,在下一个不可触及的地方
永恒的水边,没有一丝的杂响
那妄自的花仍在绽放

在眠长空洞的躯体里
幽然散发出,淡淡的香

徒步穿越，在下一个意外重建的界面
崩塌的碎片，闪耀在沉寂的森林
弥漫的林中路
有人在大笑，有人在呼唤
听着，听着
因了，这陌生的熟悉
怎的，竟酸楚了心肠！

我的躯体里
盛放着花

永恒之戒

就在这里了
午夜之黑的深处
时钟剧烈呼吸
血色尖针步步转向这戒门
我,已无所顾及
点燃了大片天火
又刺穿了天鹅的静梦

正是这一刻
黑丝绒的棉被盖起白日横亘的尖刀
人们闭合了锋利的常识之眼
又挂上善意的微笑

空气中浮动着祥和的幻境
你如约而来
跨过时光的银河

穿着风的衣袍
走在云的阶梯上

在一个悬崖
朝向神的居所
在永恒之地的戒门里
你和我
在白色的水边
没有一点
杂声

幻象

醒来之后
还有一半在梦里
想是这边的老去
定是那边在生长

万物的杰作
或是灵魅的幻象
从不畏惧
没有光的剪影
特殊的气息
混合太多优美的因子
混淆视听,无法确定
又坚实的存在
厚厚的暖意

从不呈现
却侵透周围

象外伫立

但,就是你
行吟万年,漫步星海
在黎明将近的沉夜,走进
走进我尘土的世界
轻敲我的心灵,那么熟悉

醒来之后
还有一半在梦里
想是你留了一丝气息,在记忆里
就这样,悄悄期盼自己老去
因为定然
在远远的那边
会慢慢地苏醒

靠近

山猫般俯下的气息
如夜悄悄走近的距离
你的明眸星光和月弯的笑意
掀开一个夏热的惊厥
唤醒五月早到的雨季

时间划出一丝缝隙
冲出倔强的引力
我艰难穿过刺破手指
滴血画下日出的红丸

像是期待,却又放弃
结局或是开始
当远山如你,轻轻靠近

存在与消失

世界老了
蜕下倦怠的锦衣
弃场而去

孪生的痛苦与欢乐
同样失去了弹性

日子裹着一席白色长袍
游荡于不在之在

我习惯地穿过
熟悉的你
而没从世界中认出

水界

昨夜
又一袭冰凉的梦
透过水的另一界面
那扇开启的窗
你和风长立

水镜映出你眼中的幻象
如同我的一样
这相似的力量,惊讶撞击了胸口
寻觅已久,竟如此出现
惊喜与酸楚
隐痛了心肠

世间无法触到的悲凉
流淌着无言的忧伤
静默的爱
存活在水界的气息里

揣测的小鱼带来讯息
飞鸟也衔来了赠予的红石
传说一个人在另一面
同样看到了梦境

巨大的勇气
顿然消失了力量
无法正视，惧怕美的坠落
我慌乱的逃离
藏匿入远的
远远的角落里

哭泣的河流埋没了红石的遗迹
只留下一丝印痕深陷入眼里
又轻轻荡漾开去
裂碎了，一朵，一朵朵
水中的花镜

奔向海

我在城市中疾驰
奔突于东南西北
在所有浮游你气息的地方
两侧灯火急速退后
掀起千尺巨浪

海洋裂开——大陡面
通往中央的黑暗峡谷
一路，缄默的唇壳打开
那些梦中因你滴落的
饱满的泪珠
引亮潜入的深渊之灯

逆时的大水
重压在胸口
远古的时光里，异变
单细胞动物的我们

一体或分裂

原初的触觉应激

颤抖吸引

生命，单纯而华美

三生

暗红的江水无声奔流在如逝的河道上
我们的爱意，是否值得回想？
封存的灰土深埋在心里头
又是哪里来的狂风，让它重新飞扬！

你定然不晓得
我用平静力量祭奠的这种悲伤
你却已然隔开了人世的幻象

过往与之后，我们其实都已陌路了
只在那一刻悬浮的时光
依然了解着对方

在那黑色的高处，我们一同凝望
天宇下的流光

以及悄悄向你述说的名字、时间和心灵

以及未来的博大……

是谁让两颗洁净的心吹入灰烬
小小的隔阂离间出无法缝合的距离

我祭了一身白裙的夏季
你可知晓我的心肠?

或许你我心里都不曾一样
或许你把酸楚如我般骄傲嚼碎后埋藏

只是当时,没有人会想到
其实夜是冰凉的海
其实走着走着,时间就会崩塌——

我只当,在城的另一边
你依然存在着,就好

隐匿的你

清扫,每天清扫的.你纯白的房间
清扫,每天清扫的,你焦灼的内心
清扫,每天清扫的,你隐匿的封界
清扫,每天陷落在你"王的帝国"里
抹去任何的可疑气息,任何痕迹
任何人,渐渐地也排异了自己

你说小心!别碰这些,还有那些
来自弥漫星海的众多光耀族群
你,是最自由流浪的那颗
所以你说,站住!
别妄想移动我的轨迹

可是,我的友啊
令我惊厥愤懑的友啊
为什么独独是你,漫步星云而来
奇异怪癖却照亮了我眼中黑暗的光芒

可是，我的友啊！
令我抑郁哀伤却无法放弃的友啊！
即使不安慌张，可还是要大胆告诉你
在不经意时，我已悄悄在你闭合的空间里
留下了，一种声音

当白日的盔甲收敛了防御
当黑夜包裹住你冰晶的茧床
你，恢复出人类孩童的单纯模样
一个声音就会期待轻盈飞翔
拂过你睡意蒙眬的脸颊
透明的羽翼轻柔停在你的耳旁
在说：嘿，米索的友啊
辛劳了一天，晚安了！

白屋

空寂白屋
黄昏浓晕，碎步前来
一扇扇坚强的玻璃窗
酸楚而柔软地消融

道路摊开宽大的手掌
迎接这一错落时刻的降临：
你消失的年少
沉重地组合，再次呈现在
记忆巨大的幕布上

门外，有白鸟划过
看到了，光芒中的你
瞬间轻飘的五彩羽翼
扇动了熟悉的气息

迎风卷起的柔软长巾

还是当年于我御寒的吗？

甚至那些肃杀的故事
那决心不再躲闪的白鸟
那颗只等羽箭破空而来的决绝

只是，年少的心是湮灭之云
墙角，无人堆积日子的断瓦
有形过，存在过，消散了
每个人都在孤独的传唱
一个人的歌谣

白鸟之灵
倘若当初就知时光短暂
是否我们还会那样轻易地隔阂
还会那样，轻易地就放弃

归来

月光穿过河水推开了窗
另一界吹来秋笛的呜咽
夜更清凉，缥缈的你
又在哪里靠着岸？

青石上遗落的一抹霜白
扬手散落下片片羽翼
是你自他乡寄来的书信吗？

多少黑山遮挡日落
多少人群寒鸦叠起
日日多嘴的蜂群却缄默了
触不到的，你离开的一刻
为何竟然不知
晓时，已隔多年

倘若南国少年依然

倘若当初走在不同的路上
抛却崇高的压力与决绝的高地
你的人生可会另择
或可简单呈现轻亮的颜色，
丰盈地走向成熟呢！

无法面对冰凉的碑
尘封的声音浮出
在人们未曾察觉即消失
我径直走向你
但又能再说出什么？

耳边倾听的旧日子
明明早已枯涩，已然遗忘了
却因你的逝去
怎的，成了一种，归来……

我的躯体里
盛放着花

沉船

我坐在黑色的椅子上
如同坐在一艘沉船里
什么也没做
只默默等待着熟悉的你

时间是空虚的灯
点亮在深远的海面上
你庞大的影,出现在近空
身体里另一只耳朵
听见有人在温柔地述说
是你吗?
乘了暖暖的风车慢慢地靠近……

见与不见
多年后竟从未忘记
回答是空白
却依然要叩问,当年的意义?

无由的痛楚还是爆发了
在这一场，突然的见面
在这一场，突然的哭泣

也许一切都是一个样子
我们的消逝都一定是不同的同个样子
或早或晚
是一次终究无意义的远征
是一个天才被时光浪费的误读
是一首首全部变脆变黄的诗

天空中撤退的鸟群
为什么，一片片消失的事物
那些美好
源源不断地掠过我们，正穿过每一天……

界河

看，这条白色的界河
通往永恒之岸，吹来了陌生国度的气息

河水安宁，暖暖如你
黑石之上，你转过英朗的脸庞
骄傲地仰起
仿佛再一次登上聚光灯下的舞台

伸过来，手
有力的，抚摸我微醺脸颊的
宽容的大手
是一次回归的邀请吗？
在哪一场莫里哀的戏剧的结尾呢？

这世界上挑选出来的
少数单纯的孩子啊

只剩下了我
在世间断崖边痴想

我用尽光的速度去奔跑
用尽了爱、自由、偏执和尊严
20 年后，可以离开你多远？
却没料想，最后
跑丢的人是你？已那样遥远……

时光流沙，万物泯灭
倘若，彼岸是我
此时的你，可否亦会徘徊此岸？
可否也会，时时与我低徊细语呢？

在海上(第一首)

这一刻,在海上
被催眠的巨兽,虚弱酣睡
它沉重的躯体里
你的意识就快醒来——
借了它庞大的外壳,正在复原
你呼吸吐出的泡沫,无数次喘息在海岸边

空气中酝酿着稠密的情绪
仿佛一切已抵黑暗终结的时分
你的脸庞,愤懑模糊
着实搅动开一大片厚实的海面

远处,雀跃出你磅礴颤动的心
跳动的脉搏,溢散了滚烫的红潮
于是,听见你蔓延来,嘶哑的呼唤
哽咽了多年已辨不清

血腥唇齿咬碎千万万岸边的云沫
每个都蕴藏我期盼怀念的目光
大手翻卷过去，你在海上撩拨起光
你披散了发，伸长了高扬的草

罢了罢了，一切终究这样
还给这天空原来的凄凉
还给这时间无限无边的空旷

在海上(第二首)

我孩童的心,可笑而渺小
躲避进封闭的角落,无关他人
下潜错落黑水的空间
握一把腐蚀的钥匙,扭曲了指针

另一界给予的是谁?
将打开哪一扇悬门?
又陷入哪一汪深渊?

一间战栗的海上小屋
闯入的白鸟,尖爪撕裂云朵
为我披上夜的凉衣

啊,是你
洗涤了羽毛,抖落不经意的泪滴
又被吹往风中哪个方向?
往着你的去往,向着你在的远方

神的孩子

沉默的孩子站在山脚下
站在黑暗中
大地托起了他
这一次告别了妈妈
是必须独自，徒步
穿越山外的大海

有谁听见了他启程的脚步
有谁听见了他澎湃的心灵
弥迷的无人森林
勇敢的孩子，毅然走入
他遇见无数梦中的圣殿
他博得了众神惊艳的喝彩

不能再哭泣了，妈妈
别在丁香花开的野地寻找他
别在冰凉的山丘上呼唤他

温柔的孩子
正用风的手臂，将你轻轻搂住
正用闪烁的星星，将你注视
四季的变幻，是他絮絮叨叨的话语

这次穿过沉沉的暮色和海洋
他张开了年轻有力的翅膀
他
一个金色的孩子
成为了，神的孩子

细微

开在时间气味里的桂香
起风口下猫咪伸长的爪子
迷路林中散落一地的流光
黑夜里你青春硬朗的脸颊

巅峰顶头鼓风而起的侵寒
稻田里收获了整片的金黄
眼中编织出生活迷离的渔网
楼梯上闲坐下迟缓的记忆

以及更多的细微
更多的小处
在忙碌碌的日子里闪光
在模糊糊的幸福里游荡

这样的种种
你未曾感触的

你总无视而过的
暗自在那儿静静发光……

匆忙的
终于停滞下脚步
白鸟之灵
在另一个寂静原乡
你可否学会了时时回眸
你可是宛自花开，满了心房？

每天的谜语

每天在白色浩渺的海上
时间开始的时候
轻声告诉你

每天在黑色静谧的城池
时间闭合的缝隙
和你道晚安

每天独自站在地界的边缘
一块洁白的原石前
诉说不安而压抑的爱殇
日复一日
妄想消散却愈见陷落
照见了喜悦与战栗的自己
照见了爱与名没入虚无里

每天迟缓 1 分钟

自1725年

天空异象，日月合璧，五星连珠

蓄积了无尽的苦难

终于在这一世出现

你俊朗沧桑的面庞，那样的熟悉

而我已然复杂的现在，错落了多年

每天，在每天的每天里

就这样想着，这样张望

这样惦念，这样忧伤

可是

已经这样想着，已经这样张望

已经这样惦念，已经这样忧伤

这一世，已经遇见了

这样的面对，内心怎可再生出了奢望

怎可再求索更多呢？

醒了的星

酣畅吮吸了梦境中，蜜酿柔软的福汁
晶莹剔透的星曦，你光耀的明眸
肆意踢散了时间层层附着的白色床褥
在午后，慢慢儿坏脾气地苏醒

你是阳光下遭受隐逸的星王
在期待一场盛大戏剧的来临
在登上巅峰高点的时刻
方可张扬出你退散黑暗的荣耀

此时，没有人看得见你
此时，没有人聆听到你
甚至你自己也充满了怀疑，充满了疑虑

可是我，借助树灵们敏锐的耳朵
捕捉到你散发出花蕊般新鲜的气息

整个心灵已然被你照亮
一种喜悦，伸展出了白鸟的羽翼
我脸上笑靥的光彩反射出你水中
舒朗涤荡的模样

当夜色，洗涤净白日的尘杂
你穿着风的舞袍，踩上云的阶梯
不屑一顾，轻掠过每一件事，每一个物，然后是我
卷起了宏大的星河漩涡
袭走了之前经历的深刻记忆
照亮在无尽壮美的苍穹上
我知道
你需要的是整个世界
是这一片，青灰色的宁静璀璨的星海！

我的躯体里
盛放着花

自由的河

我的心，豁开了一个口子
你的世界，就蜂拥了进来
可蓬勃而来的不是深沉的海
你是一条盲目自由的河流
带着岩浆混浊的气息
席卷焦灼不安的脾气
不受任何束缚，无情无义地泛滥着

你是陆地上任性跑丢了钥匙的孩童
携带一切人类骄傲自满的气息
于城与城间奔突穿梭
在国与国中撒野游荡
又那样地鲜活涌动，生机勃勃着……

而我，徘徊在你足边一片遭遇的海
拥有平静宁和的记忆
沉淀泥沙碎石的梦魇

已变得蔚蓝，已变得透明

仿佛命定，被眩落进这一场历练
因了水的相同，渴望着你
因了水的不同，却又疏离

心中的豁口毫无防备
任你搅拌进无穷痛苦和欢乐
热情摇曳的手臂，挂满嘲笑的枯叶
探寻关切的话语，堆砌在沉默的四周
那么扎眼，那么多余

控制命运的神祇？可否还需放弃？
用所有卑微的入侵，忍受渗透来邪恶的寒冷
在我敞开的胸膛，一点一滴
刀割开更为开阔的热血
来温暖过这郁结冰的河流？
来迎接，你
一个水的家族，一个失落的亲……

SOLO-独角戏

没有设定热浪、大风、撕裂的呼号
为什么，也没发生
必然宏大的虚拟使命？

在浩渺攒动的人际线以外
从突出的甲板上离岸
深游呼吸，我做好了演出的准备

前面，一片喧嚣急待征服的海
闪烁着人们煎熬时间，有意无意的迷茫

不知可否担当，被一种混沌选择了
我对自己就打上了严厉牢靠的枷锁
然后囚禁在绚烂舞台的中央
下一场，开始每一场的独角戏？

聚光追出一个黑色的我，真相之幕掀起

这是谁的主场？

影子是冰凉的，他匍匐在地上，不说话

阳光透不过他的胸膛

是一个空洞

在舞台，深挖下冷峻自私的渊

这样共舞的伙伴

做出我无法企及的抽象

而真实的 solo

另一个舞者，另一个我

在影子的轻蔑中，被现实征服得妥妥帖帖

正倒置悬挂在舞台的正中

从人们观看的焦点处，抛出

决意要来扮演

一个永恒的经典

听，至今

还在悲壮滑行的弧线中

尚未坠地

一天的颠覆

重载的星星
日头里人们努力缔造生存的谎言
穿过一天的荒诞后
现已无所事事，就熄灭了能量
自高空中个个破碎的跌落
夜，才是最干净的白

它们不甘早早就坠入底层的眠床
顽皮地颠簸在海面上
还袒露出一双双孩童的眼神
贪婪地最后吮吸
这深秋的海风，吐纳香气，蒸腾扬起……

它们魔法地排散开几何图形
荡漾在波涛里，成了一衣碎花的大裙摆
其实任何一物，同时都拥有完全的对立

邪恶的星，也会散发出执念的单纯
向我久久微笑……

于是应邀来舞，以无限柔软的力量
向上探出一只纤细的臂膀
引你啊，即将升起的明日红丸
这滚烫的温度就聚集，就顺势侵略下来

于是悬挂巨擘，以手目睹了海底的冰凉
这另一只，以无限之强来击碎博大的阻力
触觉潜入，去切开一整块碧蓝琉璃的海洋冰面

我的躯干
在黑暗的太阳和光明的星辰之间过渡
仿佛祈祷的枝丫，摊平在宽阔的海上祭奠
透明的头颅，挂在海上，如绵延生命的灯塔

这是我命定的妄想之眼、妄念之途
将牵引出一场洪的来临
或聚如日，或散如星
人类语言思想的正反面
流光年华，在海水里璀璨

在万籁俱静的时间之间
在精准转换的空洞之外

黑夜、白昼、断层的安静

嘀嗒,嘀嗒

一个个颠覆的反转正转,走来走往……

受难的八月

披一件朱丹色风袍
惊涛骇浪间，渺灭八月
我在海上，撑时间的中腰坐起

戴一面漆白石脸具
辽远沙岸边，日月倒悬
你于大地，一片黛色里静穆走来

可你没有走来
八月是受难的主题

海地间断裂
两侧卷起闭合上冲的球体
眩晕其中，无声呼唤
颠倒疯狂，我，却未曾逃离

此时，有人假借了你的名

刺耳的声带锯齿吱呀——
发出最后审判的声音
神要和寄居者米索谈谈：
“诗的孩子米索，你在不存在里存在什么？
　一切已弥散，你又如何独活？”

如何独活？
电话里有人声在问，你在哪里？
哦，我在哪里？
在一个陌生的日日行走的广场上
甜腻熟悉的大烟雾朵朵盛开了莲花
我那些卑微而璀璨的诗歌
击碎成分离的笔画，翻滚着
被路人甲随意吸入肺腔
被路人乙窒息地铿锵咀嚼

八月的两端，是谁受难在角落？
由轻率的口中缓缓吐出
一个一个被抽离的魂魄
把它们撕扯到无穷大的限
又断裂为再生的浮圈
一个米索，一个我
一个是我，一个你

新生者

一定有些什么
在我涌动惊惧的手指上发生
在我触探他人面容的意识里跳跃
抵挡了旧事件的喧嚣

而夜，则胆怯地拽住了我的衣襟
威胁地张开庞大的黑口，还炫耀出牙齿
又恼怒地喷发出强力的冰刃
一种虚弱的表演

此前没有任何征兆
手持一盏青灰色灯剑
面壁的英雄，这新生者
被夜色卷入

他来了，因了理性任务的出现
他的眼睛喝退了我背后追随的虚无

知觉了不同断代里相似的呼唤

那些被放逐的日子骤灭
美好的意义降临

仿佛辽远大地驰骋一季的绝唱
仿佛馈赠一种特权幸福的使命
毫无灵感的，那些堆积已久的生活硬块
再次因愤怒、喜悦、哀伤……
生动了起来

战士与战士之间，彼此默契着
王者与王者之间，融入血液的力量信赖
窒息于幽暗的对抗中……
就待迎来节日
就要相望一座城池

狩猎之夜

仿佛蜷缩成一只玲珑的小兽
我潜藏在辽阔之夜低矮的某处，一直凝视
稀落的月，于高空善意弯下优美的后腰
她散发出微凉的、精美的白色
哦——我仰望向她乞求，伴我照亮你追捕而来的道路

成片凝重的寂静盖压在山岗硬骨的脊背上
我弱小孤独的影，逐渐庞大到整个宇宙的正面
你我之间那辽远的联系开始汹涌地涨潮过来
我密集地呼唤，深切地匍匐在大地的泥浪上

你鲜活闷响地呼吸，终于大风般醒来
在我耳边火速肆虐地袭近，并将我精准地掠取
是主人吗？来狩猎我的主人吗！

跨越千里旷野，蔓延而来——
熟悉的疼痛的你的气息

我低微成一只丑陋沉默的小兽
我伸出的手啊,那么细小,那么粗鄙
多么希望可以美好地呈现,哪怕只有一瞬
我将大胆地完美地,静静放在你抓捕的手心

而你突然回转过来
开始认真凝视我的眼睛
凝视那里面,盛满了一种
你所不了解的无思无邪的爱意

仿佛清晨叶片上妄自闪耀的露珠
仿佛鱼儿跃入水面欣悦的欢喜
这爱意在生存木然的迥异处
美好地发生,又美好地消失着
存在的时候,你不知道
消失的时候,也不曾留意
这一切,是多么地幸福啊
又多么毫无悲伤的压抑……

永无停息

你终究明了
海上，永无生存的立足地……
海之孽子
你缔造着海上时间的存在
当与任何人无限接近了最亲密、真实的本源
你缓慢的离合分身时刻，就开始反作用地扩散

在天真嬉笑的风中
一场最紧密磅礴的孤独建筑，已经海市蜃楼般涌起
雨，是你不打算和他澄清的最雄辩的预言

当所爱之人，还在沉睡
在他还未爱上你之前，就早早警觉地醒来
你匍匐出一种神灵守护者的嗅觉
无需理清，不要裁断
灵魂彼此尚且是陌生的
而你的信赖，或简单的来自一种气味的认定

时刻正好，紧迫地压扁了分身
仿佛知道命运的深处，就在他尚温尚冷的眼眸中
有一条颠簸的滑道
通向战斗的另一界面

焦灼……热望……
于是你切入，如一根木梗的脆骨
移动在地球的表层，跌进了世界的涡轮……
一切的枷锁、求生的浮甲都已散落
一路骄傲地赏阅，你精神大海的璀璨星河……

浸入吧
下一场暴风血雨的战斗之备
就骄傲地站立在尖锐的风口
在世界的尽头
依然继续向前，继续凝望着

静息，你散开了
无数种的灵魂和无限个眼睛们
就蔓延出渐次强烈的微光

慢慢地渗透入多维度里
在征服一片，未知的岛
在掠夺一个，未来的国

身体里的树命

仿佛突然失去了，坚韧做一个良人的勇气
我病倒了
因为触碰到一些事物和人
哦，这些但凡我们真的在意了，在心了
就会被赋予一种某日被囚的权利
会沉甸甸重压在小时候被责骂打翻的碗碟里

其实并无疼痛，只是浑浑噩噩地灼热着
当我体脉的热血在不住外溢流出
因为来自幻象的你，昨天用力击破了幻象
我的精神之塔就崩坍了，现在有个大洞
哎呀，这现实的洞穴好黑
我知道自己无足轻重，连站都站不起来

我，一个在幻想春天中庞大的狂人
将无限的暖意给你后，就僵硬成一棵冬树的样子

你知道吗？这幻境中
哪里会有什么敌、友、对、错
在溃烂腌渍恶意羞辱的语言里
只有钢铁意念和友善的柔肠在融化掉
我们就都会退回，成为苦难的小孩

我身体里的树灵
将医治的叶片塞满了我的耳朵和眼睛
当我再次听到、看到
啊，我的眼光就从你的左边滑向右边
无法聚焦在曾经那么热衷的眸上

占卜的声音很响，传来传去的
你说，红色吧，全部用上红色
是血色的红吗？
没有爱、没有善、没有恩、没有情
没有月光、没有妥协、没有记忆
没有温暖的手会听信占卜的召唤
来缝合裂缝的心脏

树灵将人与人之间最隐秘的距离测量
将我们不肯承认和面对的，来催化
也许会引发最凄凉的破坏吧
可就算被你从陌生中抛出，投入了平庸的大门

我意念里的你，都碎了

我也许，从没想过自己是否在真实的现实里存在着

所以，就这样钝感行尸地躺着，也好

接受这些事物，然后平静地适应，这段庄严的树命

我的躯体里
盛放着花

请不要相信我任何决绝的话语

我神色严峻地站在你的面前
散发出一种奇怪的阴郁与陌生
哦,我的友人
请不要相信任何我口中决绝的言辞
请千万记得,昨日我们还是熟识的

在话语之下,表情之外
一天中的黑与白
我被一种盲目的力折叠在多个侧面
时间的重锤不停击碎胸腔中的影像
它要腾挪出更大的空间
将厌倦的泥浆灌满了我的身躯
仿佛受刑的普罗米修斯
永无休止地被惩罚、被复原着

我,其实越来越害怕
我,于是一个人来往

克罗诺斯转过狮子的恼怒之颅
监视鄙夷着我的卑贱和懦弱

有神戏谑地将我们联系的阶梯挪移
向前指出一条光滑刺眼的直线
我缓缓地爬过荆棘,爬向断层

此时,你可否不要愤怒,也不忧伤
你可否放下理智的辨别,放弃知晓对与错
你只需呼唤我的名,和往常一样
哦,我一定会再次记起你,我的友啊
然后就回转来
在我本要,转向另一方

一切都是想象之物

会是什么力量呢
在抑制我的心灵向你的心灵靠近
是这无数橱窗里折叠后冷却的镜像
还是脑中残存于集体深处,回旋的竖琴之音

会是什么减法的力量呢
在繁重的躯体中,清风般地升起
让千变万化的食物都淡成了一种颜色
让百转千回的你亦成了可握不握的烟

一切都是想象之物
总有一些特殊的
在苍穹之下聚合,欣喜认同
引发默契的欢乐或狂暴的争执
任一方都不愿示弱了骄傲,去降服

一切都消失于想象之物

如此相似，又异常不同
任凭一方缺失了，又寂寥而牵挂
可牵挂，亦是想象中来

于是，最终发现
需要的，越来越少
其实仅仅一滴洁净的水
就足够可活

我怎能制止我

我怎能制止我
不再向你的心灵，移步地靠近
我怎能忍受，就这样越过了你
去朝向任何万物丰饶的生机

我仰面探问
这蔓延于外在的，河流般淤积的命运
当我们正在经历开始和结束
我只想，一时间就痛饮个够

莫就放手，让我冷却地回归
莫就弃我，潜入那意念的本体中
我的存不存在，存不存疑
都将被太阳漠然的脸色独断地看见
我的偏不偏执，惶不惶然
都将在月亮的凝视下温温顺顺，荡然无存

•

当星星抖动了在一点点隐灭
当你的眉宇眺望向朝阳引发的光彩
当无数远征的企图被行动逐次打开
我于是尝试着去体味“一无所求”
要和意志一起辽阔地舒展开
成为这片，帆影雕刻，托浮前行船只的海

我要在现实中驻足而创造
让每一天都在新生中发生
我歌唱过的一切
都席卷着一种对你倍加敏感
对世界的永恒倍加惊觉的触及中

而我，终将在这样的宏大中
和你一起结伴同路
然后安然脱身

米索的友

你来的时候
这条河明晃晃的全是耀眼的光彩
如同全世界的幻象都聚合了起来
是你的灵魂,它自带晶莹的光泽
会从你单薄的身躯,朝我投射下来

当他人面对生活百无聊赖着
你,一个能主导自己精神世界的人
会剔除了,用艺术将它们再次生动
会在静默中,不自知的与我携手
用意念的沟通完成了一部作品的喜悦创作
这样的生命应和,无比辽阔

我是多么珍惜啊,米索的友
周围的魂魄,都在原地一动不动
他们或等待或哭泣或茫然着

而我们，是在探究
是在觉醒生命存在的时刻
对一切的平凡，来触及到另一面丰富的气韵

啊，这广袤的时空自然
有多少秘密与神奇等待着去幻化
可我知道，我们仅是一闪即逝的微光
在冷漠的黑夜里
米索的友，什么都可能随时将我们熄亡

而当你离开的时候，我知道
这光影与水瞬息定都干涸了
我和我自己
就静静地，坐在裸露的青石上休憩……

伤逝

我不知道
这生命涌动的大地上是否还充沛着爱
我不知道
盲目聚集和抉择独处的人们会不会还在爱
我不知道
在世俗价值蔓延释放的无极热浪中
什么,正在被宏大地造作
什么,在无人知晓中离开

文明不断进化,我们却退入丛林
孩子们痛苦地操练着种种机械技能
成人混乱地交集模糊着高尚与单纯
语言披着虱蚤的大衣
放肆成了唯一挑逗的触觉
乏味与单调日日侵蚀每一颗心
生活已无处逃逸
他正处壮年,却品德丧尽

你，一位时间的雕刻家
狂乱倾泻下尖刻的冰刀
通过剔除一切腐臭的杂质
想把人类的寒意
人们心里这一刻的无妄
记录在凝固肌体的褶皱里
童话都是骗人的
你在写下的
是人们心里崩塌倒流的故事

或许
仅仅在轮回洗涤的婴梦里
在最初的开始
美的，那敏锐的鹿
穿过微弱的缝隙
定是以一种随时奔跑了去的姿势
转向生活
又透来远处渺茫的笑意

黄昏下的雕像

我的力量在我所重视的一切事物上
总显示着羸弱
它们浮动在柏拉图的黑暗洞穴
匍匐起另一个想象，方绚丽地生动

我的思想要比现实奔跑得更快
未待真实落了果，就匆忙抽象出完美
然而，人类的心智
即便是弱小种子的萌芽
也无法复刻自然伟力的一斑

在这必然的法则里
我们终需面对黄昏下哭泣的雕塑
我的朋友
当我们共饮下财富的水银
让它滑过热情绵长的血脉
席卷在奔腾的热浪里吞噬，凝固

我们的外在啊,拉奥孔
敬畏的神灵,亦无法逃脱这样的命运
会痛苦地扭曲,会丧失了爱护你的光

我的命运,只隶属于这一法则
孩童时将纯粹的情谊放入穿越森林前的箩筐
敏锐的嗅觉,探向晨曦中花朵的芬芳
雾霭散尽,终于走出森林洞穴了
我的箩筐沉沉,里面满是棱角嶙峋的石

我知道,任何时候
我的情感都是真实的,又都是伪装的
我亦是虔诚的,可虔诚又在变化中
拉奥孔,黄昏下的雕像
即使你有一千条毒蛇在躯体外咬食
最致命的,不过是人心银脉中那条冰冰凉

我的眼睛,这唯一高尚的裁判者
当一触碰到真实就匮乏的消亡
必然陷入啊,漆夜的那扇平庸大门
我们无力去膜拜纯粹的
这荒凉的大地,就平躺开了,如炙如灼……

被敬畏的欲望（短诗组）

一

因了我
对另一个我的欲望
于是遇见了你
在所有倾倒的
大海神秘敬畏的幕布后面

二

我的心，从天而降
落入了你的手心
可你怎的这样大意
任凭它滑落向地面
又坠入到无底的深渊

被敬畏的欲望(短诗另一组)

一

没有了纯粹的爱
这人间的夜
就成了一具活着的庞大遗体
窗外的月——巨大的苍白嘴唇
起伏在墨色的深潭里溺水挣扎
它吐出喋喋不休、绵延千里的咒语
让整个世界,无法安寝

二

醒来以后
我比别人更不爱说话
因为,在我身后
昨夜梦里的界门被踏碎了一地
爱说话的你,落在了那头
没有过来

三

我只是独自一个

我不是一人孤独

我生活在稠密狂妄的思想之中

那里，是无边无垠、极为丰富的一片辽阔

那里，是生机勃勃、守护为王的一座城池

对峙的空城

那时刻
敬畏耸立出一座空城
我在这边，你在那头
如同横亘一个燃烧的圣坛
我看清了所有他者
却总也看不清
你我之间，摆渡人的绳结

嘀嗒，时间凝滞在玻璃的表面
众人狂欢的节日到来
天空垂下巨大的股掌
按压住人们内心嗨动的波澜

邪魅的烟风，有飘逸的脚
它嘲笑地游弋在两颗自尊昂扬的颈项里
随意撩拨了荒谬的乱发
又吹灭了围观人群散溢癫狂的热光

然后，把画面调整到一个偶然的秒
满足地回到它来的地方
所有的巧合与错误，继续开篇！

譬如，人们决绝惦念的爱意
被悬挂在虚枯对峙的广场中央
无始无终在独白
终于散尽了，暖暖的深意

譬如，凝神东望无数你我专注的眼神
其实只是短短一瞬
仿佛拍打起一微细小的历史之尘
却偏偏执拗了，漫长的一生

集Ⅲ

途中之光

途中之光

在时间的征途中坐着
看人与非人团团穿梭
弹起阴霾的气
我，尘土满面
轻屏呼吸，希望见到光

已经很久远上次见到光
那是个傻气的兵
掌隙间流淌出热泪
述说着不甚明了的语言
那是群天真的顽童
在莫里哀戏剧中遗落了回家的钥匙
那是位瘦削的高僧
仰啸消费时代的湖畔黄昏
孤唱南屏晚钟
还有位决绝的少年
一瓢清酒洒向心爱的油画

水玻璃在神经褶皱的衣饰上击碎
他，顿足跃下了一幢百年老阁

在有光的日子里
我们放假了
红的，黄的，绿的，蓝的
单纯的语言放假了
所有的一切都幻化成美好的一个节日
于是，就这样舒展着、笑着
平躺在光的云彩上，真开心！

也有很模糊的时候
光闪烁了它的影子
在混沌的眼睛中跃动
冲眶而出——
逃离浮华的言辞，美妙的隐喻
夸张的假设，堆砌的学问
它说：没有灵魂，我活不下去

我发现光逃走的那天
爱意、恬静碎了
烦琐、粗俗、现实在大街上横荡
听到自己，哼起了二流小调

我看到光遁逸的时刻

放手的人居然是我
光吐了我一手的冰，十指寒心
听到有人在骂，什么东西
是什么东西？定然要亡了！

黑暗中，狂抓它的气息
捧点点余光在手心
就势惶恐坐下，没有更好的途径
于是—— 一坐千年
在轮回的旅途中取暖
继续期盼！再见光明！

途中之光

弃约

顽童,抢占绿色导火线
燃放 12 根指针,焰火盛极
面具,彩绘文明的断臂
紫葡萄的笑眼,涂白沸城
夜鸟,单调于不期的天亮
悬落了生命
眼睑垂下,黎明

24 小时,约定的酒杯,碎了
压出,红色岩浆
溢散刺激的气体
大地打了个大喷嚏

鼻翼正酣的巨石
梦中碾过一朵花的幻象
揉皱的天空
悄悄收缩起一线刺痛的光芒

我，置身在风暴
扬沙弃约的碎片
热情，即将出行的征人
顿在门槛上沉思

大铁雨的旱

归来了,7 天
你这傲视的黑战士
刻板的面容
巨大的骨骼镣铐
轰响着走进后创世纪,大开了门

一堆废弃的钢塔
喘息颤动的识途神经
干枯的手臂
凝固出发前的行李
熟悉的指纹

触目大铁杵的幽绿发丝
斑驳的蓝色锈迹
同一个,非一个
旱,机械化复制时代的大旱
来临

静，那尾随着你
从撕裂的世纪门后，探出
硬生汹涌而来的是什么?!
大铁雨!

他冲突来掩埋了窗外飞翔的白鸟
在横跨长河的一瞬
僵硬成一座桥

他冲突上摩天巨厦的台阶
十八级铁锁链，咣当下落
冲突进坍塌的柱
火舌焊上了牢窗
有人，歇斯底里地高歌
他冲突入光，铸成断剑
刺入脑、喉管、躯体，启动嘎吱吱的发条

大铁雨!
死鱼的枯叶眼
吞噬了我的爱人
又朝向我的小孩
和我疲倦坚持着的妈妈
我大喝，来吧，邪恶的，你来吧!

大铁雨!
黄金的诱惑眼
甩出硕大的尾,贪食了一切生命
点石成金

我大喝,来吧
你来吧,我就在这里!
在这里
枝丫成干涸大地上的一棵树

我看到,在遥远的另一方
也有树伸展了出来
我们就会连接在一起
聚拢成山
捍卫爱和共同的家人

我们就会繁衍成林
茂密如冠
让绿风吹醒
终结:机械时代的　大——旱——情

11月5日献给 Son of the sun

我引颈站立

期待冰川纪来临前的最后阳光

期待黑色的影从羽翼间抖落

期待抑郁离开我透亮的躯体

一个死去,一个醒来

我不想安慰你

用睫毛遮挡空气中的粉尘

我说我太在意

酸涩在眼圈沉没,坦诚的善良被勒断

肆意杀戮,屈从自己

回头望望吧

在我们的背后,是一片海的风景

有人拍好了照片

于是,搬运工人冷静地撤走了喷绘板

你在想些什么

关于大地它早已冰封

面对冰川世纪

我们最后思念暖流，走向海

好吧，就让我们面对着海

走向落日

好吧，就让我们沉默地两地起航

我飘散的乱发和你伤残的手臂

笔直地举起

丑时蜗

一条肥硕的成年男蜗
涂抹徒劳红唇
强睁耷拉眼袋
颤动粗长鼻毛
蠕滚肿胀肚囊
行走，散发恶气
人们在街巷闪避不及

前行
原始的繁殖冲动
已是死气沉沉的最后季
竟放肆鼓动起积年的妒火
窥肆所遇的年轻气息
唾下黏稠撩长的涕液
甩出一大条意淫的触须

叨念偏执，缠缚他人

私欲的螺丝家

累积坨坨假象的塔

阳光下现形，空空腔体

村庄的盒子

后夜大风吹来，村子开了豁口
强汉子和女人探出早起的头
满天的星星，还在白晃晃扎眼

当早晨的黑盒打开
刺入的一线光
瞬间幻化了灰白的天地
红红绿绿忙忙上了妆

悍狗，从留有余忌的夜里
胆怯地奔跑出来，咆哮着
汪汪地呼唤，就把白天带了来

可村庄，已经老迈的村庄啊
青壮们走后，在白日就陷入了休止的缓

小鸟偷衔去枕边昨夜娘亲的气息

潜入更深的水塘

老人记忆的慢动作
扎入蒿草黑绿的长发
浮印在水面上

水下，哑了的菱角
长满了尖刺
埋藏脆脆的一块甜

守在门口的
是一个老人和一条狗
怀想，另一个老人
守在别个门

讲述

母亲，祖母或她者
扯断红头绳的灰烬
少女时就已老去的女人
半碎的语言，灰艳的枯花

拖着无数儿女的泥脚印
又再出嫁，捧起渴望的白米粥
把头弯进深土，躬起蚯蚓的背脊
堆满了红萝卜
燃烧孩子饥饿的怨言

这是第几次了？
坐在板凳上抖落围裙的黑
没有爱过的女人，坐入黑夜里
黑夜的围裙
散落星星点米粒的白
已然失血的躯干

裸露出坚硬的牙床

母亲，祖母或她者
与人倾心交谈的日子，早已不知
一个史诗般的歌谣
从小时候的方向传来
那时的甜笑，月亮很轻

母亲，祖母或她者
悠长的老去
拍拍当年嫁妆的锈盒，里面很大很大
她好累，开始平躺下一个长长的睡意
仿佛婴儿漂浮在一个大大的碗里
在一条粥水的河流上浮游
岸边，有冬日的高树
远方，有坚硬的土地

回乡

村落，一群群灰色太阳挂起
河水，一池池肥绿涟漪划散
坝头，一座座失控坟茔列排
老人，一张张褶皱面庞摊开

复苏的春天
这里少有人来
沉默的土地
任凭人们丢弃的日子

节日，偶然白天
村口飘来些木木的人群
一下扭开了聒噪的上午
空气搅和起钱、利、势的巨大机器
铿锵在响，唾沫在飞
男人狡黠的眼神，女人尖锐的笑声

午时，饱食的村落
说干了，满足了
冷漠的眼光上来，灰色的太阳落下
就要进城

于是村口，早早拉上了门
弓起一线线荒原的黑屋
裸露出个个真实的背脊

水墨一日

入锋
力度的切开一日时间的绢
明亮的色泽，深陷入墨中
归落沉暗，渐转余光

每日的事与人
收纳入眼的黑与白
走走停停，相辅互文
勾勒出深浅的四合围城

幻想冲破人生的笔力
被擎伫在时间田字格的局中
自过去，回望来

你，任由案头缄默的砚台
搁浅一个未落的笔迹
终究停留在这灰色带
任由世界憨厚坦露，一抹笑意

徒步

我们，徒步穿越
一整天颜色平平的山及山外

我们，预感目睹
大半生风景贫瘠的生活及他处

我们，摊开了羸弱的脚掌
压迫思想匍匐在大地上狂放奔走

我们，无限接近丰腴土壤的力量
奢侈地孕育再一次充盈

充满了温热脂肪的皮肤
生命权利的女性山顶
瞬间花开了
春天里又一季的希望

致影子

你

自黑暗来

寸步调整,环绕左右

进退缩放,紧张测量人间的距离

日日支架起生的白昼

你

自过去来

在重日下压短了躯体

垫脚人们的幼稚　成熟　衰败

长情伴随,历时一生

你

从生至死的友啊

熟悉的陌生人

每日每时,人们习惯的低头

朝向你惧怕或唾弃地致敬

已成诟病

你

了无声息

生是生时，你缄默守候

死亦死时，你浮向上苍，铺成天宇

收纳人类灵魂宏大的黑孩子

将轻启能量，推开生门

你

其实，每一个你

每一个活着的人

都背负着自己

你，死亡的影子

途中之光

漂流

期盼已久
雁苍山轻缕额间青柳
露出清澈的泉眼
友善地瞧着我们
又赠予小舟
允许从她柔软的长臂滑落

山谷袒露出潮湿的胸怀
如摇床涤荡跌落的大孩子
飞鸟衔起沉淀在岩石中的故事
偷听的浪花被剧烈煽动起来
欢乐燃烧了无畏的鱼群

沉睡的深谷被顽童叫醒
火球花染出岸边大片红颜
我们顺流直下
在青春的滑道中

飞溅起光的碎片

挥霍一季的喧哗

任凭它身后，一生悄悄淌过

两河流域的文明——有关断层

抹开历史厚土封存的图谱
听河流咏叹文明的歌谣
总有两种声响的协奏
底格里斯、幼发拉底
长江与黄河

蔓延在我躯体里的集体意识
分明也奔腾着两种浩瀚之水

一片卷土流逝的自由大地
回归时序开始之初
驱我离你而去

一片停驻凝眸的囚牢天空
浮游亘古不变的爱河
引我向你奔来

后夜的天空

淡淡的
一个倾听的后夜
独自在蓝色家园小小的支点上
对坐窗外旋转的星星河——
一席宏大舞蹈的画卷
蕴藏属于每个人的图案

勾勒起我的画面
日复一日呈现
厚厚的生活
如同土地
酣睡着虫子的梦呓
在太阳转身后
幸福故意躲起了猫猫

乔装吞吐出小鱼的叹息
又惊喜地捧出

麦香十足的甜甜圈

划裂过一些闪亮而碎裂的光
瞬间飞散

当人们还一无所知
就像从未发生
又有好事的夜莺
偏又嘹起了
一首又一首
光明而清澈的歌谣

由心而生

生命是一个炙热的幻象
一半被他人发现
一半自我赢得
痛苦是一种邪恶的力量
一半由外而起
一半积疾内心

幸福攀附于邪恶无计可施的强大心灵
我们依然是凡人，如何走出心囚？

也许纯净的水，早已滴满了秋天的青池
您可曾仔细去听
大地上处处是天使，我听到他们乍翅的声音

时间洗涤苦楚，如洗一件白衣
穿过幻象的身躯，思念越洗越是透明……

天边褐色沉沉
终将要露出黎明的光了！
您可曾看见？
这是他从远山浅浅显露的笑意

这是万物的强力
让一切的一切褪色了
永恒了

让我们无法拒绝
让我们，由心而生！

秘密的光辉

一片生长于存在之外的丛林
有秘密的小径与世界沟通
亲和水汽无邪流淌
卷卷潮湿的绿晨，浮起真相的雾霾
片刻金光上来
戏谑穿梭，勾勒无上的锦图

这是少有人来的处所
单纯是唯一允许的通行
大自然复原出本质的活力
狂风放肆吞噬暴虐的星空
树叶舞蹈伸展吐火的腰肢

一颗还未泯灭的灵魂
在成人的世界中出走
像不小心闯入神话的孩童
目光雀跃于惊异的界石

仿佛巧遇，又似等待
内心驱动莫名力量的召唤

我们，散落在不同断代中相似的人们
在多个世纪中奔跑
我们，拥有着多个灵魂
简单而复杂的心灵

漂流的瓶

昨夜
我身体的某一部分
正隐秘记录着海上那些微妙伟力的变化

我,还属于海
属于这场
堆积起来,充满梦想漩涡的风暴!
属于这股
奔腾千里,刚刚暖和了强力的浪潮!

我被抛掷到苍穹至上的高度
又跌落至黑暗深谷的底部
这样起伏的人生,正是我所热望!

我,一只装满希望
求索漂流的小瓶
用毕生的钟爱浮游在这神奇的海上

要不断投入它，融入它
就可遇见未知的冒险、神奇的极光。

却没料到
下一刻，一切异变
我醒来，今晨在荒岛上

啊，是我最亲密、尊敬的朋友
是昨夜那仿佛拥抱着我的海
它任意地抛掷着
其实从来都未曾将我重视过

而我悬落的现在
半截，被沙石掩埋了腿脚
半截，躯干在烈日下灼伤

等到万物轮回的那方

依我看
这世界上的一切事物
正如这起起落落的潮汐
是在向前迈进之后
又都向后回归

如同每日翻开你来的方向
就铺撒开一地迎面的阳光
每日目送你背转的封底
就袭来黑夜孤寂的浓妆

这样的日复一日
倘若白天过于喧嚣
意识便会沉静入夜
听见内心的寂静
眼前呈现出这片万籁俱寂的海
听见不朽的神灵

启齿无名的语言
讨论难以言传的万事万物

我那些对人类复杂性的研判
指引航向你岛居的地方
而我对自然本真安全的依赖
又驱离放逐了性灵
独自流浪在海面上

所以——
倘若此时此刻
我竟然错过了什么
也终究无需悲伤
我只需执拗地原地等着
就会遇见,事物回转的那方

一种耳音

此时，倘若意志终于挣脱了执念的外衣
我，越过一切忠于你的实相边缘
走到了宇宙的尽头，站在伟大的风暴前

我，以一个陌生人的墓志铭
探向另一界伸出，另一个我的耳朵
时间，开始重启诞生
你完全褪色在折叠的空间里

仿佛万佛抚摸过的尘手
我被拨开灵敏的这只左耳
纯净的，宁静的
这些宏大的声响，在迎面滚来
这些谛听到的细微所有，已和你无关

有战的兵刃，折的骨骼
嘶的吼叫，亡的喘息

拨开历史的种种出路，数亿年人们穿梭的痕迹
人类迷离的心智，堆积了幽怨
如山，陷落在谷地
由心而生，虚无中来去，低徊徜徉
覆灭又即复兴，生生不息
故，莫思甚多，任其然

Rond de jembe（划圈）

这是哑剧封口结局的一部分
稳住啊，你正在坠落的中心……

失语是最佳的
你踮起脚尖
黑鸟猫出了左侧的轻爪
画出一个个漂亮的弧度
仿佛无限
在扩大自己生命的两极
在着力去推开他人诱惑的山

优美地，在地面涟漪中展开
环绕成一圈圈幻象的谜团
仿佛期待眩晕幸福的来临
却又突然在觉察现实中瞬间惊醒

你警惕地甩出抛弃的头颅

如同秋季蜕变的第一片落叶

在这偏执回转的瞬间
被常识鞭笞地立起!

黑鸟裸露出一只眼睛
还有另一只,感伤地留在原地
可你,毕竟在旋即中
完成了一次华丽的转身!

Port de bras（下腰）

我已卑微到尘土里
弯曲了我的精神之躯
让它摊开在二维的平面上伸展
不是仅仅朝向你，而是屈膝朝向
我视作奇珍的审美共通力

我决定埋葬下高昂的头颅
把它们敲击成你喝酒的杯
来吧，捧起这玻璃剔透的杯盏
捧起吧，自昂扬的高度
向下软弱地跌落！再跌落！
击碎成我们渴饮的裂块
还要细腻地将它们碾碎成粉末

之后你可附耳去听，空气中
再小的颗粒都有生命精灵的翅膀
它们托着我那些私密沉重的字句

低低飞扬在你行走的大地上
认真地填写下一行行美妙的诗章

它们还会从你洁净的窗口里稳健的飘入
日复一日被你擦去，又日复一日地归来
直到你真的听懂了尘土传递的消息

关于那些被你的焦灼暴晒
在枝头已然枯萎的我略带尖锐的爱意
关于曾经璀璨的内心，现已荒无人烟
无法再次倾倒出晶莹的泪滴
我看到它们
正低垂下了，最后命运的喘息

我们相处得过于久长

我曾决绝
从一个癫狂开始
我曾沉溺
从一个柔和开始
我曾臆想
从一个无望开始
成为许许多多人
在各自路口痴心等待
守候渴饮的井

有时，我仿佛看到
一种美好的梦境，在我眼角碎裂生成
我的呼吸啊，正联系上海洋的一角
我的脉搏啊，已接触到飞鸟的振翼

在人影丛丛的中央站立
当隐藏芬芳的不朽之光

幸运地笼罩了永恒的命运
哦，我的朋友
这是一个秘密

在任意选择的组合中
时间终将屏蔽眼中所有异彩的光
从不同道路上走来的人们
最后回归的
是同一片旷世穷乏的荒原
只待到那时
相处得过于久长

人们之间信息无比畅通
生命却殆窒息
孤寂的大风于广大无边中来往
厌倦已逃逸，焦灼也平息
哦，过于久长的时间啊
孕育出的不朽
唯有冷淡惆怅的风
唯余无聊踱步的兽
游走，荡漾……

一天即一世

我祭祀于白日里的心杯
总是不停地在丰盛，并溢满了光辉
还会沸腾出无限热爱的火舌
至午后，要一并焦灼了去燃烧

这杯盏中奉献的记忆，是瞬间的你
正伸展出一种完美之境
仿佛认识光明与黑暗，奋发与颓废
我眼中玻璃般透明的爱意与幸福
此刻，丝毫没有伪装

因为我从不盲目，也从未清醒过
当我倾听你，就回响出我的声音
当我仰望你，就浮现你自己的影
只一会儿，在这些沉静美好的日子里
我会忽然变成一个玩累的小孩
我的心是一条喘息的鱼

接着是一个夜晚的沉默
在絮絮叨叨中失去了语言
你，落在花丛馨香温暖的晚上
我，已伫立露水湿润的早晨

我的杯盏已冷将，有谁还在歌唱？
我要走出，去往时间之外的土地
去眺望太阳和森林，流水和群山

山涧跌落在我左侧的岩石上
我要把脚伸展进温暖的泥土里
现在，没有人注视我了
我，也不对任何人探寻好奇

我的后肩胛开始慢慢长出了翅膀
我的双脚也枝丫出了蔓延的树根
迎风摇曳，自由自在
仿佛一株盛开的野樱花
望向远处银白色的山岗……

集Ⅳ

意义

艾青

意义

当白日的幻觉四散
在通宵的寂静里
我，等待着意义

当所有的事物驱走了形式
抛掷在窗外的铸铁长河
我在回想
我的生命，已怎样的漂渡

我想，我认识他们
在历史的川流中
那些伟岸的时间里
他们等待着我的来临

我两手空空
只是倾听
有一种声音让我激动万分

还有一些没能忘却的真相
纠结在藤蔓的顶端
勾搭起现实的桥梁
我手里语言的剪刀已经举起
冷光逼人

剪开，眼角的冰花
遁去，在暴热季
再喝一口水吧，我们是被挑选的
然而注定不会在现实中遇见
所以，不再继续找寻

意义

存在之悖

傍晚亲手埋葬了生存之花
长夜漫漫，上了岸
走向一个背面，朝向阴的处所
发现无人之境，一地的红果滚落

片刻小睡后
引我负重的牛，向左，向右？
简单的理想，找不到答案
灵魂在哪里？
你怀疑地答应了，说在一起

翻开书，下一页是谜
我们还有多少勇气
多少次可以挫败，义无反顾
一如当初再次告别
再一次，一起活过

空白

自由是一种空白
有关青石井
另一季大雷雨的传说
不慎袒露了一滴水的欲望
偷听的宝蓝色喇叭花
僵硬在歌唱的姿势
从此失声
飞，不可能

喧哗是一种空白
拆分成千上万个单调可数的音符
雀跃地
从枯色喉管垂落
繁复的藤萝
生殖蔓延

赞扬是一种空白

轻佻的童子面茶花
艳色杀伤力，却吝啬芬芳
现代机械化复制时代的风景
示范动作

猜疑是一种空白
灯光都市夜色阑珊
没有真色的光
黑得刺眼
困兽从柔软的囚笼
伸展疑惑的手
诡异的章鱼触角
伤害友与敌

失望是一种空白
无来由，无去往
无欲无则，无私无望
一个玄色的影像资料
拼贴剪辑
关于真实和存在
悬——置——不——语

他人之群

自黑暗沉重本能里愈合了的清晨
这风中吹来的，璀璨纯粹的光
系上了好事物
松散在深山中，一点一滴地铺陈开

我，一个无尽书写与匆匆的躯体
挥霍忧虑顿挫的变化，扬沙诺言的轻薄纸张
敲击下满脑痉挛精致的情绪
这些声响，就坠落在晨曦宽敞的棉床上

晨光中，眼前的这条河流
有厚重的泥浆在扭结升腾
是雾气氤氲的谎言，是错落繁杂的对话
是绵延不绝的倦怠，自潜伏的地层下红火燃烧
而降临的夜就繁殖密集了起来

尚未被这世界认同，也无妨

诗人在精神的领域中暗自散发幽光
有充分的寂寥，自在于无人莫逆里徜徉

这一生，总是想着
要比周围一切存在的事物再浓郁一些
这一生，只期遇见了
无尽宏力伟岸那神奇的瞬间

我，一个从灵魂世界向外眺望的人
安静坚持了对完整命运的平和观照
对着充满误读哑然乏味的他人之群
在众人巨垂眼睑的硬土层下
独自挖掘了自由的小小出口
温暖的光就自洞口慢慢伸展来
照亮了庇护之子的半边脸庞

假日的机械

几天前，世界的机器打了个爆破的喷嚏
卡壳住滴答的敲击，假日
就被无数人，窒息地、堂皇地
平躺成 0.5 克重，无限个黑色的面积

每个早晨，停顿在另一个白色段落
钢琴的界面，是节日里新启的钟表

被一种巨大无比的外力，捕获
悬挂在机械网面的人、事、物
现在顷刻毫无准备地，就倒置！

用手走路，用脚抓取
哎呀！原来那些厚重的关系、心爱的礼物
怎的？自日常工作服的大口袋里，纷纷坠落！
它们跌透到顶部，击碎得清响

我的耳朵，垂挂得尖尖长长
在日子空洞的宁静里，分外尖锐
我的手，在抓取地面的微光
当你的温度，穿透人指觉醒地一抖
就窸窸窣窣，惭愧地
把自己黑色平庸的表面，驱逐在冬阳中

什么样的纽带
在任意时间的悬置中，能牵引住？
什么样的意义
在无意义的假日里，依然供给大脑的血浆？
多少的躯体，停滞了，荡漾了眩晕的弧度
百无聊赖的机械虫鸣四起
人们呼喊复原惯性的秩序

我们啊，如此不喜欢善变的
原来一直
是这样安全地、命定地，被什么推动着

巅峰之上

跃上穹顶中央
待东边红光燃烧眺望的翅膀
盛装已罢
在这巅峰之上
受役生命之轻的飞翔

掠过地球之家
人类丛林，社会网络
在无知和有知的二三街角
冲撞开百无聊赖聚集的人群
黑石的眼睛
呼喊失落的惊奇
下一次的彗星之旅
灾难与重生
仅在遐想中梦见血

停歇在生命的花园

姹紫嫣红开遍
那些惊心动魄的爱
融化在温柔的亲情里
幸福和不幸同根生长

回归荒原的风吧
在远方的远方游荡
不朽的贫穷和自由
久久传递着力量

在这万物之上
一切静穆
一切的一切未央……

天空之城

这是座透明的小城
大风,每夜清扫记忆的街角
日复一日,穿梭其中
人们,彼此不知发生

城民们有着五光十色的明眸
如晨露,闪耀出魔法的光芒
却是玻璃样制造
日复一日
流沙长河覆盖传说
那些神奇的故事
散发光彩,点燃白昼
失去力量,沉落黑暗

这里声息全无
无数人,奔跑在单向度的陆地上
他人,是泣于眼中的一滴不干之泪

日复一日

黑暗物质旋转星球

沉默运行的天空之城

落下的尘土,凝聚成陆地

悬挂的泪水,融合成海洋

秋城的号角响了

又一季秋
又一季隐逸者的国度
这飘落的旋叶
树灵飞歌,是一种邀请
所有精致的耳朵都已竖起
期待一种仪式的降临

干净的凉
洗涤了天空和心
我们节食,并且舔白了羽毛
追逐着亮光
期待飞翔的号角响起

思想的触觉,醒来
披上一件单纯的衣裳
张大了明亮的眼睛

推开堆积已久的时间之书
我,一切向外知觉
一切向内真实
我,是一个觅路的人

发展相对论

路，指向左右两个端口
树，伸展上下两项方位
人们，从一个欲望城市移到另一个
呸！吐口唾液在手，用力摇臂
我们行走着的，100 种无关要旨的生活

真有一种思想可以坚持？
真有一种事业永恒冲动？
真有最亮的光点，闪耀在天空
或是，仅一种活着的诱惑

空气中弥漫难以形容的液体
整个世界都是女性的
坚韧又极不稳定
人们习惯着熟悉
早忘却了美好

八月流火之夜
或可放纵当风起舞
街边的顽童,怀揣王子的梦想
轰然推倒雄伟建造的堡垒

生气的辫子电车
吱嘎着脱离了轨道
只有一点火光,串烧上升的旋转
一秒钟,熄灭

习惯懒散的漂泊者
在街角一边,停滞跋涉
抛出日日重要的粮食大袋
铿锵有声

我,探往世界的边缘
听到一片叶落的声音
你,指认出苍穹的一颗星辰
它默默地,移到了另一个房间

我想一整天都无所事事

我想过一种朴素、简单
但不平庸的生活
我要一整天都无所事事
默默微笑地爱着每个人

我要禀赋于自己一种柔和的性情
成为一个如水的女子
丢弃掉那些聪明锋利的语言
憨厚地流露出温润与平和

让所有刚硬尖锐的叶刃
都从枝头枯萎脱落
让所有花朵
不刻意顾盼它的完美
就自由地舒展、绽放

让它们，舞蹈在夜的寂静里

最后就熟睡在林中的小径上……

我的眼光从未这样细腻过
要记录下万物动容的变化和转折
不忧、不怨,心中喜悦丰盈着
之后
什么样的地方就都可以趟过

我要默默写下
每日心里溢出的歌谣
我是要去描摹一个再生的世界
这世界的真义
仿佛永恒的单纯,却非唯一的

命运的幡

在海上
今日，我扬起的命运之幡
放飞到天空的高度
黑色！
那是一片浮游的乌云
天空美好、湛蓝
一半在跌落！

我被坏势力全身浸渍半年
我裸露出海盗之王的邪恶
我宣读了最圣洁之爱的名义
我悬挂了人类巨大的头颅
最后还要用尖锐的牙齿
将白色的光芒
撕裂了，吞咽了

嘿！一场崩溃的泼墨

嘿！船长，是你吗？

海上之鸟，白色的魂魄

我这一次

倘若，33 天祭奠了黑衣

倘若，褪去了禀赋单纯的羽翼

倘若，我喋血的幡

被炙烤成黑色的纯

你会不会记得

我依然那么洁白，依然那么干净的！

沉淀的渴望

我有一个沉淀的爱的渴望
在世间寻觅一种无与伦比的美物
在它不争平凡的表面下
动荡不安的灵魂
摆脱时光的束缚
日日，在悄无声息地生长

它饱满的神力
匀称平衡着所有瞬息巨大的波动
不去讨好谁
亦不强求寄靠谁
苦难来了
不哭泣于世界
只是转向内心冥冥的恒力
处处暗合着“宏大敬畏的合理”

没有重复、没有空白

运动起伏着
它深沉的耐性，绝非静止的存在
承受所有外界挤压的破坏与分散
它，保持宽广，沉默的毅力

一个独立、全神贯注于自我的物
有着充分物的本质
让每一次的呈现，似乎难以靠近
却又那样不同而光耀、引人注目！

依然存有一种黏稠的物质
在它表层下旺盛流淌
类似人类爱的情感
仿佛每个毛孔里渗透出的眼泪
这清凉的液体
自哭泣的双脚侵入辽阔的大地
缓解承受的一切矛盾、怀疑、责难
然后，它开始变得如此地柔软
如水般善意、自然而然……

清晨的风

这清晨的风，巨大而柔和
拂过你面前每片聚拢来昨夜的角落
摊平大地上均匀使用的黑暗力量
将所有触目惊心的粗糙事物席卷拉扯
高颤的鸟鸣，惊逃的流云
近了，静了
定格在时间的哑语中
弥散开……

一切生动，一切寂止
一切井然于风中死亡
一切蕴藏下，你所期盼的安定啊？

血脉中警告声在嘀嗒
是来自土地深处的绳索

锋利的精神之刃

开始收割这一季的麦田

于是，我们再次昂首
面向酷热的太阳
把我们的芒刺朝向辽远的天空
让从未发生的再次发生
奉献出红火的果实
然后就要坠入这肥沃的眠床

意义

任意的分解

在一天陨落的时分
之前你所感触到的任何物质
白色柔软、黑色坚硬、红色喜悦、紫色哀伤
都会被分解成太初灰的元素们
在暗度的幕布上自由散漫地游弋

世界没有了温度
没有一丝可触及的光
在太阳落下时，它们首先被强力分解
还好有你的眼睛在我记忆的深处闪耀
可它们是那么地微弱
还有一种荒诞虚假的味道

之前我们的种种关系
开始被拉扯成一缕缕丝线的东西
然后断裂成愤怒的粉末

所有与你絮叨白日里的话语
被碾压成一粒粒细小声音的碎片
扬沙在整个天地中——叫嚣
好喧杂啊！世界，好喧杂啊！世界！

奇怪的是从我红色心脏上
生长出一枝单向之爱的枝丫
这本该因了自尊就会灭亡的
却在这所有万物分解的荒原之上
昨日明明亡了，今日又被重组
无法逃逸复活命运的驭降

我的无望似毒霾顺着枝丫
源源不断地弥散
我的痛苦也在弥漫
我嘲笑自己又不断怜惜
万物都已消亡我独永生

因了这累积在心灵上的虚妄
一日就已成果
一日坠落到大地上
它摇晃在空空荡荡的地球两极
如同悬挂着人类无法战胜的情感头颅
如同不断明告：我在爱，我永恒

致诗歌

诗歌是一匹
日日清晨
横卧在我门外喘息的河流
待我整装出征
无数次的内心奔突
将一覆再复
跃上它欣喜若狂的背脊

诗歌是一枚
黑暗归来
阿芙洛狄忒赠予我庇护的眠药
渡我饮下对白日匮乏的遗忘
那些因你本质引发的疲惫
将永恒不被知道

诗歌安逸涌动在我体内
寄居在一片精神之主的牧场

有悠游的羊群
洁白朵朵，浮游逍遥

诗歌是隐逸林中
我巧遇惊眸回望的灵鹿
是历代荒滩海洋贝类封锁失语的粉唇

你固守着理想哑寂的硬壳
仿佛抗拒和警告
锁住一串串美丽无害瞬息覆灭的泡沫

待一生只开启的仅有一瞬
在共同的深度中，正时醒来
明亮应和的光耀啊
刚好匆匆，将我彻底地倾覆

一定还有时间

一定还有时间
当我们潮涌聚集在巴别塔下
我们，这些少数存在于历代的人们
喧杂的，处处弥漫着臃肿的表情和话语
每个人，是从每一座孤岛出发来到这里
希望自他人获取沟通的满足
希望觅寻共同的灵魂可流淌出温和的生长
希望自老练的眼中，这一汪尚未干涸的泉眼
滴水即滋生出最自然的花瓣

一定还有时间
自塔上，俯瞰天使的舞蹈
我们这群持续等待的无知者
被召唤，复活了丑陋变形的躯体
让一种成熟的温度，在受限的手臂中流淌
内心里，巧手灌溉下一种果实的甜浆
从僵硬已病的指尖中渐次苏醒拨开了

这万物朦胧的韵律
就荡漾散播在了四周的空气里

一定还有时间
会有突如其来、凌空而落的飓风在灌满我们
被凶恶地冲撞在虚幻黝黑的礁石上
这猛烈的，不能摧毁我们的
让我们知觉了不安的疼痛
让我们的背脊长出了翅膀

准备吧，朋友们
下一刻馨香四溢的时间就要来到
艺术的沉思会缝合风暴流血的伤口
又再补偿我们，以保持年轻的生命力
去穿越，像一条长长淼淼的线
一直延伸入平坦壮观的未来

这璀璨了一季的牧歌，就要堕入肥沃的棉床
所有瞭望的田野都将澎湃地为我们亮起
我们尖锐的芒，会驻留在一切的上方
我们的目光，会变得富有意义和关联
我们怀抱着儿童般伟大的正直和深切的爱
在每一次观看、认识、喜悦中，增添一分力量
让那些从未发生的，在这些时间里降临
我们就在这时间的母体中继续颠行
在这一片暖暖照耀的，无边无际绵延往复的海中

监禁之门

此刻此地，思想之面突然止步于监禁之门
它不动声色，似笑非笑
慵懒的脸庞，败坏脾气地焦黄起来……

炽热的眼睛，就直直贴上朝外的透窗
紧迫地聆听，不甘呼吸着现实的空气
幻觉中那一片辽阔的海，在更远的地方，尚未触及

你披覆的这件黑色夜衣
缠绕的蛇线，编织于人世的复杂规则脉络
它捆缚着你灵魂的举止
现在，第一阶使命完成
就丧失了绞杀的目的，散漫瘫软地放松下来

可是，倘若安静的，你有灵知
倘若你在此刻的条件下完全被抛弃
你并不知道，再一次

你终就会轻盈地荡漾起这哭泣感性的藤蔓
运用了另一种法则，就可推开监禁之门
而我们这类的，就会一同走出而复活

会走进一大片的开阔之地
有一整季漫山遍野苍白的丁香花
这里生长着一种繁盛
生长着自由落体的秋天和行走隐逸的风

在这里，轻轻拂去对具体事物的关心
我开始朗读自己的诗歌……

你或许也有真正喜欢的吧
这些喜欢的，从梦境中随行带了过来
像阳光一般，落在我们身上……

裸露的发

人生缠绕的灰发
八月早到来临
自铅色铁块的天空中
青春飞鸟的脑后
牢骚满腹地飘落
自崇高的头颅抛弃下
映照出一抹天庭的光亮

这一地柔软的思绪海藻
生长于漫无目的的劳顿和拼搏
尚未收获
时间就退潮　知识的幼壳
导火了我们的惊觉之心
压抑地发现,所剩不多

这一片裸露富足乏的泊肌
封存下无数强烈和无涯的欲望

积累了历代年轻人的询问

谁来拾起啊
搁浅在滩涂挣扎喘息的海星
谁来解救啊
焦灼在荒原个体里我们的内心

在下一刻
穿越了黑暗的逝去之门
以奇迹预言的奢侈名义
再次跃入广袤丰盛的海
再次投入绵长光明的镜

如同年年弥散
又年年复活在风中的愿望
如同依然奋力摇曳
涤荡在白水河畔的芦苇臂膀

婴梦的八月

八月，世象轮转微凉的风
嗅觉高烧，不如保持住真相的模糊度
亦不匆忙，就整日整天地流浪在外
就素面，仰天翻阅一卷卷白云的书
来读遍这堆积漫天的语言：狮子婴梦的告诫

八月，万物在眼球镜外成像
我看到，你们俯身望向我的倒置的脸
怎样的人，才会于他人的慷慨中索取心念
怎样的情谊，才承受得住鸿毛般的鄙视和金钱的考量

八月，生活中覆灭着夏日的火
可将头颅埋藏进历史的厚冰里乘凉
否则，情感将迎面现实的暴风雨，并摔落下来
你清楚地看见，世间并不存在无限的、深刻的爱

而你，又为何一而再地模糊了真相

去相信一双眼睛？
为何知道着，却又听命了虚假的召唤和丢弃
在那里，抵抗了压抑，等待孕育

哦，你认为，即使会遭遇一万次的欺骗
会被人嗤笑愚蠢，可万一
这是藏匿着一个酣睡智慧的美神呢！

十月赋歌(第一首)

秋日的十月
你走失的十月
一季都在碎叶黄花中沉默

这些赋予你的紫色时间
即使被粗鲁地折叠在多个错层
次次都会滋养出迷人的剔透
所有的段落,将光芒万丈
你,总被什么精准地挑选

正如每一季
都会散发出桂树隽永的芬芳
正如每一个果实
都要伸张了酸楚和蜜酿的时分

我解除了名利
认定一切美好的事物

就会单向、自然地复苏
可邪恶和美好
没谁知道，哪个先来

十月，我们慌乱误读的十月
突袭的海水痛苦撞击在冰心的礁岩上
不该来的，这厄运，我们自己走丢了
我窒息奔跑入人群的深山
你背转走入这黑暗边缘的中心

在荒野的社会森林里
最为深刻的意识
初见多么浓烈的
一样的，越来越淡

一切都将轻飘起来
一切都再无人语

十月赋歌（第二首）

残忍的十月
让果实欢乐裸露出肿胀的虚甜
让稻谷负重压低了乳白的琼浆
节日的号角在弱小的心灵中酝酿
顽固的邪恶也在酝酿

没有人发现，一瞬间
等待不耐的黄色牙齿就会贪婪地朝向
洁白的肥美就要被啃嚼
十月的吞咽，来得那么着急

快了快了
就要不会再劳累了心肠
米索，美啊！不要悲伤
因为魂魄就要消散
你写的诗歌，他们在尘土中惜藏

快了快了

就要离程这汪洋的苦海

米索，美啊！切莫沮丧

因为这人性的执念就要遗忘

你写的诗歌，逃离了桎梏

一切就会纯净地，自由地

接近了

十月赋歌(第三首)

十月,海上正呼号着狂妄好风
密雾里欢欣穿过,天空急转湛蓝
顿然间失去耐心的我
一张被完全浸湿的人形稿纸
在腥雨过后
总貌似平庸颤动地卷曲起来

没有了靠近征服的未知小岛
没有了蜃楼幻象的敌军回响
海,不过是一个哑巴

船,来自黑暗背后的靠山
引发一个起点的蓝色希望
托起每一次启航的源发地
渔火,聪明的,你说个啥秘密呢?
从我记忆中的阳光里,折射过来
穿爬过这黄昏渐浓的幕布……

我焦灼的目光，在任何的夜色里
从天空破裂的缝隙中
刺目散漫地渗透过来……

其实，在我看来
罪恶浪滔天的庞大风暴
不过是一场奇妙辽阔的安静

在任何一刻筋疲力尽的海战里
如果你放怀了去听——
一切惊涛，都是如此精细无声！
一切骇浪，都是这般低语呢喃！

纯粹意志

因为我内心里的纯粹
我在尘世的破坏无所不在

因为我永恒的自由意志
我的狂放之兽弑杀一切囚境

正面有多炙热的光
背面有多强力的暗

美的囚牢

我用一种持续炙热的伤感
知觉着所有美好的物和人
并盲目地因之引诱
让他们成为了人性意志偏执的焦点

然而
在这些最重要的事物上
且因了我的衰退
而被这世界不断否定，不断拒绝着
显示出了
如此无名无力的孤单

我依然
无法控制不断生长的艺术思想
它们繁盛在古老的躯壳
已然驾驭不了

如此不合时宜的荒草之丛
把我引进
吸附在驱动本能的机器里
朝向四周，发出干扰的杂音
我知道啊
倘若不去征服，它们就会死亡

我仅想在一瞬间
可以窥见共鸣奥义灵魂的精华
何曾想到
在现实的泥土地上
栽种下了，充满阴郁而苦涩的果实

即使如此
难道需要用屈辱去摧毁这些事物吗？
然后才能
真正了解他们美好的本质？